JN011922

家族

北海道くらしのうた4

田中秀穂

寿郎社

家族

北海道くらしのうた4

田中秀穂

寿郎社

目次

装幀　鈴木美里

家族

家族

わたしは父を殺した
わたしは母を殺した
山を越え
小さな入り江のほとりで
二人を沈めた
十月十日（とつきとおか）、
あらかたの光と言葉を失う頃に
五つの卵は孵った
おだやかな水辺があり
つつましい水草の道があり
その光の中で
いつくしむ言葉と愛と
戒めがあった
わけもわからず
瑣末な血肉を分けあい
いちばんうえの姉が羽音を上げた

明るい青空の中で
こともなく小鳥に啄まれ
かげかたちの
小さな落胆があり
二番目の姉と妹と
みようみまねで手足を擦り合わせ
媚を売り、
砂つぶほどの誇りがきらきらと
波間に消えた
ありきたりの浮遊物となり
海の向こうで
いつしか藻屑となる頃
わたしは弟を殺した

クロッカス

花が咲いた
クロッカスの花だ
雪の残る庭先に
忽然と、
春が来た
家族会議の前日だった
姉は出奔し
まる六年を食いつなぎ
阿蘇山のふもとで死んだ
疲れ果て
ひっそりとふる里へ戻ってきた
十一月の恐ろしい夜だった
母はわたしと目を合わそうともせず
仏間の黄ばんだ蛍光灯の下で
老いた父を顎で指した
父はにこやかに初対面の口上をわたしに済ませ

そそくさと視線をそらした
忘れたのか忘れようとしたのか
傷つけずにおれない時があり
傷つかずにおれない時がある
それほどに無関心に
父と母は姉を愛さずにはおれなかった
あらんばかりの号泣があり
幼いころの姉がフレームから笑顔を投げかける
それから一年余りのうちに
前後して二人は帰らぬひととなった
死に目にあうこともなく
遠く離れたわたしの庭先で
今年もあでやかに
クロッカスの花が咲いている

病棟の朝

枕もとの
その王国に朝がしのび寄ると
父がそこに立ち
母がそこに座り
憤怒が、
言い知れぬ悲嘆が
わたしを追い立てるだけ追い立てると
弟(おさむ)を残して病室から消えた
カーテンの向こうは出雲平野、
銀色のドームが今日も輝き
ありったけの夏が広がり
草いきれがよみがえり
目の届くところで、
歯を食いしばり
泣くだけ泣いて
少しずつ離れていった

あの五つ違いの弟が、
わたしをふるさとへ呼びよせた
鎮痛剤にむしばまれ
家族であるとかないとか
言いがかりがなければ
立ち止まることはなかった
なにひとつ分かり合えることもなく
悩乱の一夜があり
外道とともに聞き耳を立て
その薄明の王国にささやき続けた
邪悪なそらごとが
病棟の乾いたコンクリートのはざまで
青空をのぞかせる
もう赦されることはないだろう
固唾を呑んだ
おまえの小さな哀願が
わたしを鬼にする

蜘蛛

トイレの天井に蜘蛛がいる
数週間前から
ドアを開けるたびに目が合い
かすかに動く気配がする
それでも機微に触れまいと
目をそらす
細長い糸状の足先に
ひとつぶの体躯を浮かべ
便器にまたがるわたしの姿を見下ろしている
笑いもせず
野心もなく
何処で生まれ
どうやってここに居るのか
聞きもせず
知ろうともせず
地球のどこかの凌辱が

トイレの小窓から聴こえようとも
身震いひとつせず
天井の片隅で
ただわたしを観察している
愚弄するわけでなく
批判するわけでなく
孤独というふうでもないのだから
愛し合うこともないのだろう
が、
一世一代の
その時になって
まごまごと誠意を示せば
精子もろともおまえの蝕肢は食いちぎられ
卵嚢へ送り込まれる
と、
知ってか知らずにか
何やら
わたしと競っているようである

転校生

日曜日の晴れ上がった朝だった
その男は一抱えの風呂敷包みをもって玄関に立っていた
別れを告げるためであった
言葉少なく
見つめあうだけの短い時間があった
忘れかけた頃に
警視庁二課から職場に電話があって
顔写真が街に出回り
大都会の出来事がふるさとへ押し寄せる
裏日本の小さな町の
ありふれた木造校舎の
二学期が始まるその朝であった
少年は転校生としてわたしの隣に座った
とりたてて気が合ったわけではないが
うちとけるのは早かった
家まで押しかけ

ありきたりの小さな自慢を聞いて
その日のことは誰にも話すことはなかった
少年にありがちな気まぐれが
思春期とともに終わり
わたしより少し小柄であった少年は
いつしか女性を愛し
学業を投げ出し
やがて娘をもうけた
大都会に根を下ろし
しゃにむに働き
逃げ場がなくなったところで
再び旗を振り始めたが
もう止めようとする人はいなかった
それから二十四年、
この家から三人の子供が巣立ち
明日にはここを出て行こうとしているのに
天井裏にはまだその風呂敷包みがあり
言い忘れていた言葉がある

長男誕生

南瓜畑のおわりで
母は、
うしろ向きに枯草を燃していた
蔦蔓（つたかずら）　時に海のにおいがする根茎の
群青を返して
しきりに棒先で火をさそっては
晩秋の青空をふんだんにひろげると
ひとつちがいの次兄の戦死を聞くことにもなった
終戦と同時に
感染の始まった夫の枕もとで
赤いダリヤの花が揺れ
かわるがわるに血族が訪れては
まぎれもなく東をめざして出て行ったのではないか
家族の単位がおさまったところで
三番目にわたしは生まれた
よそよそとした周りのおもわくとは別に

いたって上機嫌に家族の中心からずれていった
物干し竿と白い雲と
足もとには鶏頭の花が咲き
よもや足長蜂に刺されようとは
あらんばかりにうずくまり
幸せとか平和とか
よしんば　口を閉ざした少年の仲間入りをしたとしても
母よ、
あのセピア色の写真いっぱいに息づかいを残して
あなたの長兄は死を選んだのではないか
戦争が始まろうとする年の初めであった
祖母があわてて隠そうとしたところで
葬列は相生橋をわたり
あわただしく憲法が発布され
まぎれもなく
わたしの物語が始まったのだから
冬の朝の八時を少し廻った
あつかましい誕生であったとしよう

百舌鳥

父が書いた作品に「百舌鳥」という短編がある。

「少しばかりお金が残ったから」と、日帰りで温泉に出かける家族の話だ。

就学前のわたしがそこに登場してくるのだから、おそらく六十四、五年前ということになる。

温泉宿の小さな公園で長男がブランコに乗っている。

無心に父親を意識する息子がいて、それにこたえようとする作者がいる。

突然頭上で、甲高くけたたましい鳴き声が聞こえる。

百舌鳥だ。

その小旅行では二つ違いの妹がいて、母親はそれに付きっきりだったのだろう。

めったに向かいあうことのない父親との時間が、長男にはうれしかった。

そのまま有頂天を続ける長男であったが、父親は百舌鳥の鳴き声で現実に引き戻される。

誰もが貧しい時代であった。

貧乏教師の父親は四人の幼い子供をかかえながら、捨てきれない野心に翻弄されている。

母親はまだ良人を尊敬していた。

それにもまして、貧乏教師は愛情深い男であった。

教師のかたわら劇団を主宰し、若者たちとも深い交流があったという。

やがて縁者からの中傷が出回り、身のほどを知る。

が、教え子からの訪問は絶えなかった。

お酒は好きだったが、学校の行事以外では破目を外すことはなかった。

少なくとも他人目には立派過ぎる父親であった。

長男はいつしか父親を偽善者として見下し、距離を置くようになってゆく。

山村暮鳥とか中原中也とか、ちょうど詩になじむようになった頃だ。

高校を卒業し、地方誌に掲載された父親の「百舌鳥」を読んだ時も、ほんの少し立ち止まっただけだ。

長男は受験に失敗し、挫折を繰り返した。

それでも父親の長男への信頼はゆるぎなかった。

長男は恥じた。

恥じたが、とうとうまっとうになることができなかった。

そして家族だけは増えた。

また、あの小旅行の二年後には弟が生まれ貧乏教師には五人の子供が出そろっていた。

いつしかその弟が老父母を看取ることとなり、長男は卑劣漢の汚名を一生負うこととなる。

だが今でも、あのブランコに乗っている長男の光景が、嘘かまことかはっきり脳裡に残っているのだ。

父が満足そうにそれを眺め、長男は子供らしく仕合せを振りまいている。

百舌鳥は梢の梢でそれを見下ろしていた。

菜洗橋

その町を南北に二分する川は、そのまま山あいを抜って日本海へと達していた。

大川と呼んでいたその川が三瓶(さんべ)川であると知り、もの心つく頃には通学路であった橋が菜洗(なあらい)橋であることも知った。

三瓶川の土手には桜の並木道があり、春ともなればその薄紅色の絶景を目にすることができる。

だが道すがら、あるいは遠くから眺める人はあってもその下でお花見をする人は皆無だ。

なぜならまだ河原にごみを捨てる人が多く、荒れ放題の雑草に手を貸す人のいない時代であった。

と、日曜日の朝、唐突であった。

母が笑顔でお花見に行くよって、いそいそとお弁当を作り始めたのだ。

そして連れられるままに、その河原へ下りることとなったのだ。

いわば雑草の生い茂るその河原は子供たちの猟奇場でもあり、流れつくものはなんでも好奇の的であった。

よりによってこのような場所を、と思ったが後日その理由に思い当たった。

田舎のことであるから中学教師の父が他人目をはばかっても不思議ではない。

ともあれ、わたしたちは導かれるようにその場所へ辿り着いたのだ。

不自然なまでにそこだけはこんもりと泥土がむき出しになっており、草が育っていない。馬が横倒しに腹を見せているその形姿（なり）から、子供仲間ではその下には馬の屍が埋まっていると固く信じられていた。

さて、懼（おそ）れていたようにわたしたちはそこでお花見をすることになった。

ところが茣蓙（ござ）を敷いてからの、そのあとが皆目思い出せないのだ。

後にも先にも家族そろってのお花見はこれっきりだというのに、よっぽど楽しくなかったのであろうか。

よちよち歩きの弟がいたはずだから早々に引き上げたのかもしれない。

その時代、七人家族は珍しくなかった。

だが家族だけのお花見となるとまだ少ない。

多くは職場ぐるみとか、お酒が入る大人同士の催しであった。

おまけに雑草の生い茂るゴミ捨て場なのである。

菜洗橋から目にとまったところで、だれもお花見とは思わなかったかもしれない。

せいぜい川に落とした遺失物を探しまわっているといったところであろうか。

父らしいといえばそうなのであるが、文句は言えない。

わたしたちはそうした価値観の中で育ってしまったのだ。

ちっとも晴れがましくないのである。

手紙

母からの手紙で、結び語として「さらば」と記されていたことがある。

慣用語としては異例で、驚きもしたがその時は母らしい矜持のようなものと理解していた。

母が亡くなるのはそれから一年と四か月後であり、あながち思い余っての文言というわけではない。いずれにしろそれが最期の手紙となるわけで、わたしへの決別であった。

母は信心深く、奇をてらう人ではなかった。

であるだけに、母が亡くなってからも「さらば」の文言だけが頭から離れない。

とはいえ手紙を読み返そうというほどでもなく、そのまま年月が過ぎた。

が、ひょんなことでその手紙を手にすることになる。

そこには父母と弟の三人様の実家の日常から、わたしの家族の一人一人を慮ったエールが記されていた。「さらば」どころか、今さらながら母には頭が下がる。

母の人生の後半は姉との闘いだった。

先ほどのひょんなこととは、その姉からの手紙を整理していた時の事で、わたしたちには計り知れない母娘の葛藤があったように思う。

姉は幼くして発疹チフスにかかり、その後遺症で難聴になってしまった。

父母は生涯その責苦に苛まれることになる。

夏休みと言わず、春休みと言わず、両親が粘り強く東京の病院に姉を連れて行ったことを憶えている。だが聴力が回復することはなかった。

大学を卒業してからもその学歴に似合った職場につくことはできない。補聴器はあったがまだ精巧なものではなく、差別用語が一般的な古い時代であった。

傷つきながらも懸命に働いていた姉のことは容易に想像がつく。負けず嫌いで向上心の強い姉であるから、普通の会社ならば大歓迎であったはずだ。が、上司とうまくいかなかった。表沙汰になり、警察沙汰になり、訴訟問題を取り下げるために精神病院の診断を必要とした。父は警察からそうするように勧められて従ったようだが、姉は病人にされたわけだ。

姉からの手紙には人生を台無しにされた恨み言と同時に、自分は巨大な権力に命を狙われており、家族にも迷惑をかけて申し訳ないという趣旨が綿々と記されていた。

愕然としたが戦慄もした。出奔した姉が西荻窪の我が家のそばで警察に拘束された時も、為す術もなく精神病院の力を必要とすることになる。父と同じく無力であった。

三か月の入院後、田舎の病院へ転院することになり引き取ったが、すでに姉からの信用はなかった。新幹線に乗る途中で、わたしたちの前から再び出奔したのだ。

ほとんど奇跡のようなものだが、それから数年経って東京駅の八重洲口で姉らしい姿を目撃することになる。この間母への無心の電話は尽きなかったようだが、母にはそれでよかったのだろう。

その八重洲口の一件から数日して、姉は福岡県の行橋の病院で息を引き取ることになる。

母もまた、それから一年後の同じ十一月の二日遅れで追うように亡くなった。

家

水が出た日であった
床下からはまっ黒な泥水が押し出され
立てかけた畳のそばで
靴やら下駄やら竹箒までが浮かんでいた
天井が高く
昼間でも暗いその家を父母が買い求めたのは
わたしが生まれて間もなくであった
玄関から続く土間は居間と仏間を迂回し
光りが届かなくなったところに
黒光りのする板敷きの台所があった
裏口を出ると井戸があり
花壇があり、
裏木戸を挟んで野菜畑があった
その一角に鶏小屋が建ち
家族みんなが一個、二個の卵で一喜一憂したものだ
金持ちだとか貧乏だとか

風呂焚きの仕事を割り当てられてからも
一心にしあわせだった
雨が降り続け
向かいの小川が氾濫し
家中が水浸しになり
水かさが止まった大きな暗がりの中で
再びドブ臭いにおいが蔓延する
ほとんどそれだけのことだった
雨はまた降るだろう
父の叱責は無くならないだろう
母の小言も尽きないだろう
きっとそうだ、
この家を支えていたありきたりの出来事が
いつか終わる
そして何もなかったかのように水が退き
大きく口を開けたままの家が残り
土間の奥では
雨だれが続いている

帰郷

罪びとのような夢やら
生繭のはためく林道を抜けて
にわかに日差しが降り注ぎ
警鐘が鳴り響き
ブレーキのきしむ音が耳もとでつんざく
海辺の小さな駅だった
裸電球が煌々と輝き
プラットホームが所在なく浮かび上がる
煤と煙草の染みついた
ビロード仕立てのかたい座席であった
ひとりふたりと乗客をひろっていた列車も
やがて降りる人だけになり
ひとり取り残されるのは早かった
日付が変わり
車両がちぐはぐにぶつかり合い
動きだす

身じろぎもせず
車窓に遠ざかる灯りだけを見ていた
果てしない闇の中をうわごとのように
蒸気を吐き続け
潔白であるとかないとか
汽笛が鳴り
目の前が真っ暗になり
勢いトンネルの中へ吸い込まれる
等身大の横顔がガラスに映し出され
そのたびに前方へ向き直る
後ろめたいのか恥ずかしいのか
正面から自分を見ることができなかった
受験に失敗してからか
ずうっとその前からなのか
独りよがりで父と母を辟易させてきた
片時も忘れたことがないはずなのに、
ふるさとが近づくごとに満身に
敵意がみなぎってくる

太郎

さながら兵站病院のようだった
廊下は長く
モスグリーンの壁が続き
その奥を少し曲がったところに分娩室はあった
明け方からの騒動はそこまでで
女は扉の向こうへ消えた
明るい雨だった
痛み出したところから
どう歩いて病院へ辿り着いたのか
男にも分からない
長椅子の端に座ると
男は痛くもかゆくもないのに頭を抱えこんだ
困ったわけでも不安なわけでもないが
ただただ宙をさまよっているようで
もどかしい
そんな男を見かねたのか

看護婦が歩み寄り
電話で知らせるからとなだめ
男はようやく椅子を立った
扉の前で一度だけ大きく深呼吸をし
去り難そうに表玄関へ歩み出す
街路樹が小雨でみどりを際立たせていた
表通りはすでに朝のラッシュアワーを迎えており
男は初めて日曜日であることを思い出す
笑みがこぼれたかもしれない
田舎の父母を思い浮かべ
それから傘を開いた
ほとんどそうだった
男にはもう女の陣痛の叫び声は聞こえなかった
父親になるかもしれない
まだそんな往生際の悪い気休めが
雨の中で立ち止まり
姫か太郎か
足が地につきそうもない

小市民

フラスコ・レストランの冷えた文明に歯をあてながら
花ウィンドウの外、
アルカリ気性におおわれた中傷の一季節をさまよう
靴がぬれていた、
陽だまりに立つと
クレゾールのにおいは隣家からであった
きっと窓辺にあった空色の瓶が落ちたのだ
いつもセバスチャン・バッハのコンチェルトが流れ
杳として女主人の姿を見たことはないが
西日が白亜の壁を染め
午後の日差しはほとんどそこで止まっていた
竹垣の花壇があり
この時間になると
石畳の上を
遠くまで夏の影がつきまとう
小さな公園だった

サルビアの花が咲き乱れ
子供たちが背を向け
地面をのぞき込んでいる
いきなり天地が裂け
津波が村から山から押し寄せても
卑怯だが
今は死んだふりしかできない
わたしには思想がない
わたしには思想がないから
小市民と言われても
どんなに罵倒されても
甘んじて聞き入れる外にない
それでも選挙に行かなかったことはない
『与党に投票してはならない』
『国民審査ではすべてに×を入れなくてはならない』
少しだけ家訓の意味が分かったところで
わたしには思想がないから
とりわけ詩人のふりはできない

阿佐ヶ谷

薫風に光るか葱とサヤエンドウ
手招きだけで妻を呼ぶとや

夕立に打たれて涼し瓜の花
一間暮らしの阿佐ヶ谷のこと

夕暮れて祭囃子に夏野菜
道半(みちなか)ばにて逝(ゆ)くひとがあり

この土手が好きだとわれの先を行く
妻が指さす暑寒別岳

新雪に恥じてひそめる窓灯かり
語り明かして野狐(やこ)が足跡

宣告にうろたえてしも七十歳(ななそとせ)

妻が寝覚める枕辺にあり

五時間の手術に耐えた愛妻の
なにか喋れとせがむいとしさ

待ちわびて手を差しのべるうれしさよ
こぼれる笑顔に握り返すも

執刀で声を取られた愛妻の
むせかえるごとに息を飲み込む

お父さんと呼ぶ声にはたと目が覚めて
時計を探す五時三十分

愛してる語り尽くしたそのあとに
思いもかけず考えもせず

「トム」のこと

我が家にトムという猫がいた。

一歳の時に交通事故に遭い、後ろ足を二本切断した牡猫である。

娘は動物好きで、最初はインコのつがいであった。

わたしたちは共働きだったので、さみしい思いをさせてはならぬと次は豆柴の子犬だ。

だがさすがに、猫が欲しいとねだられた時は待てよということになった。

ところがどこで貰ってきたものか、すかさず段ボールの中の子猫を見せられることになる。

段ボールの中には生まれたばかりの子猫がミャーミャー三匹鳴いていた。

もう飼うしかない。

そのうちの一番器量よしは妻の知り合いに引き取られ、雌猫一匹とトムが残った。

雌猫はマリーと名付けられ、面倒見のいいトムのお姉さん然として育った。が、車に轢かれて死んでしまう。小学校の下校途中に娘が発見し、その死骸を持ち帰ってきた。

野放しというわけではないが、猫が鳴けば戸を開け、猫の鳴き声が聴こえれば戸を開ける。

近所では猫の放し飼いに警鐘を鳴らす向きもあったが、差しさわりないと分かれば自由を奪うことはできなかった。であるから自動車事故のリスクは避けられない。

ということで、それはたまたま私が勤める会社の竣工パーティーの日であった。

息子から電話があり、一か月も帰って来なかったトムが帰ってきたというのである。しかも後ろ足二本はぶらぶらで、獣医さんからは安楽死もあると示唆されたらしい。

お得意さんも参加しているパーティーであり、わたしには挨拶の場も用意されている。

「それもあるんじゃない」と言ったとたん電話の向こうで絶句する気配があった。

納得できない息子は妻の職場へも電話をしたのだろう。妻は会議中であったが、何として
も生かせという言質だけがあったという。

肩身の狭いことである。

だが、その日から藍に黒の縞模様をした二本足の猫が誕生したわけだ。

足が二本になったからと言って去勢をしていない牡猫である。

鍵のかかっていない窓を開け、二階から屋根をとんとん跳び渡る姿を見たことがある。

こうなったらもう褒めるしかない。

しかも相当なプレイボーイであった。
二、三日見かけないなと思ったら、立派な家のテラスで雌猫を従えて家の子のように居
座っている。あきれたものであるが、声をかければ照れくさそうにするからかわいい。

丁度五月の連休であった。

弱々しい鳴き声で帰ってくると寝込んでしまった。

いまいちまたたびを買ってきても見向きもしない。

寝ずの看病も甲斐なく、口から血を流して十五年の生涯を終えた。

四か月後にはこの家を後に、引っ越しをせねばならぬというのにだ。

「おりゅうさん」のこと

新宿ゴールデン街に「ひしょう」という店があった。

店の主人は衆議院議員を務め、ベレー帽で名を馳せた長谷百合子女史である。

その長谷百合子女史が昨年亡くなった。

訃報に接し、喪に服したいと思った女性である。

わたしたちの間では長谷百合子女史ならぬ、「ひしょう」のママとして「おりゅうさん」で通っていた。「おりゅうさん」とは美人できっぷのいい、当時の藤純子演じる東映やくざ映画の「緋牡丹お竜」からとった愛称と聞いているが、まんざら早とちりではなかったと思う。

「おりゅうさん」と初めて会ったのは、まだ「ひしょう」がカウンターに七人も座れば満員という店の頃で、毎日が喧嘩であった。それも暴力沙汰になるのだから傷も絶えない。

それでもせっせと出かけていくのだから何をかいわんやである。

今から思えば「おりゅうさん」の気を引くための男の性（さが）であったかもしれない。

いずれにしろわたしもその一人で、今でも右の手のひらにはビール瓶の傷跡が残っている。

さて、それからしばらくして「ひしょう」は大きな構えの店へと変わった。

優に二十人から、あるいは三十人まで詰め込めそうな二階造りになったのだ。

当然、客層も以前のままとはいかない。

学者だの政治家だの、肩書のある文化人が来るようになり、我々三流人には敷居が高くなる。

足数は減ったかもしれないが、妙なもので義理人情のようなものだけは残った。

そして衆議院議員立候補の下りである。

社会党からの立候補であったが、マドンナ旋風が吹いて当選した。

しかし一期目だけで二期目は落選の憂き目を見る。

それでも一度は政界に入ったのだから、みんなで伊豆旅行に行くとかお花見をするというわけにはいかない。顔も見なくなり、だんだん遠い人になった。

人づてに芳しくない噂ばかり入るようになり心配もしたが、「おりゅうさん」の事であるから大丈夫だろうと信じていた。

そんなこんなで北海道へ引っ越ししてからも、ゴールデン街がテレビで話題になれば一番に「おりゅうさん」の事が気にかかったものだ。

今となっては「楽しい思い出をありがとう」と見送る外にない。

夏来たる

風ほどの咎（とが）ありしかと暗黒の
宇宙（そら）に瞬（また）たく雪女かな

誘われて何時（いつ）何処（いずこ）やら満天の
星か鬼かと酩酊の夜

命より人より国と青ざめて
幽鬼の棲まう中東の果て

枕辺に立つとや知らず父なりし
母なりしかと問いとぶらわん

石狩の水流るるや畔柳（あぜやなぎ）
染まるともなく郭公（かっこう）の影

人形のしあわせづくりに声上げて

屈託もなし五歳（いつとせ）の春

瓜一つ姉弟（あねおとうと）に夏来たる

採決に父母が眠れる浮雲の
奥谷の山に蝉しぐれかな

夕月や待つ人もなく盆提灯
線香花火に水桃の影

稲妻に打たれて青き三瓶山（みかめやま）
告げるともなく夏は終わりぬ

あとがき

七十歳を過ぎて「老い」を覚えるようになった。

とりもなおさずそれだけ死期が迫ったということであろうか。

一年に一度の年賀状にしても、お互いに安否を問う一環になってきたことは間違いない。

最近では「終活」が取りざたされるようになり、生きながらの身の回りの整理と死後の整頓が市民権を得るようになった。遺（のこ）された者のことを考えればあってしかるべきかと思うが、何やら死に急ぐようで世知辛い。

とはいえ、遺言状を書いてみるくらいの整理整頓はあった方がよい。

楽しいものではないが、いくらか荷物をおろしたような気分になる。

東京から北海道へ移り住んで、今年で十一年になる。

東京で飼っていた犬と猫の骨壺が、今でも庭の石の下に埋まっている。

その年の引っ越しを知ってか知らずにか、直前になって二匹は相次いで息を引き取った。

他愛もないことだが、脈絡もなくこうした記憶がよみがえっては消える。

「一期一会」とはほど遠く、関係が断ち切れることだけを願っていたことすらある。

学生時代にさかのぼるが、破廉恥とののしられてからはことさら用心深くなった。

罪滅ぼしに「お詫び行脚」でもしなくてはならないところだが、遠い話となるのがおちだ。

我ながらあさましいものである。

詩集を出すのは若い頃からの夢であったが、決断できないでここまで来てしまった。

何よりも自信がなかったということだろうが、それに輪をかけて怠慢だったといえる。

物書きになりたいという思いはあったが、職業とはしたくなかった。

こうした中途半端な生き方であったから、多くの人々の失笑を買ってもきた。

ましてこの年で第一詩集を、と訊かれてもこの年だからと答えるしかない。

そのうえ繰り返すことになるが、自信がなかったからだということになる。

わたしごときが本など出してよいものかなどと萎縮してしまうのが常だ。

であるから、今でも鎮魂歌であるとか覚書のようなものしか活字にはできないでいる。

ともあれ山陰地方の片田舎で生まれた引っ込み思案の老人があり、五十年越しの初心にこだわり続けていたことを知っていただければ本望だ。

最後に亡き父母、姉妹弟、そして妻に、ふる里に感謝。

二〇二〇年五月二十四日

田中秀穂

田中秀穂（たなか・ひでほ）
1949年（昭和24年）、島根県大田市生まれ。
北海道滝川市在住。

家族（かぞく）　［北海道くらしのうた4］

発行　2021年1月31日 初版第1刷
著者　田中秀穂
発行者　土肥寿郎
発行所　有限会社寿郎社
〒060-0807
北海道札幌市北区北7条西2丁目37山京ビル
電話011-708-8565　FAX011-708-8566
E-mail　doi@jurousha.com
URL　https://www.ju-rousha.com
郵便振替 02730-3-10602
印刷所　モリモト印刷株式会社

ISBN 978-4-909281-31-9 C0092

寿郎社の詩歌叢書
［北海道くらしのうた］
好評既刊

松原浩子歌集

蝶のみち

朝まだき肩口の冷えに目ざめたりくもたれ込めて雪催いらし――鎮魂と懸命の日々をひょうひょうとうたった札幌在住〈米寿〉歌人の第一歌集。

定価：本体一五〇〇円＋税

寿郎社の詩歌叢書
［北海道くらしのうた］
好評既刊

野々村紫句集

楡の東風

出港の水先曇る鳥総松――伊藤凍魚、飯田蛇笏・龍太、大串章に師事し、
戦後俳句の王道を北海道で歩み続けた俳人の全二五四一句。
定価：本体二二〇〇円＋税